D0572921

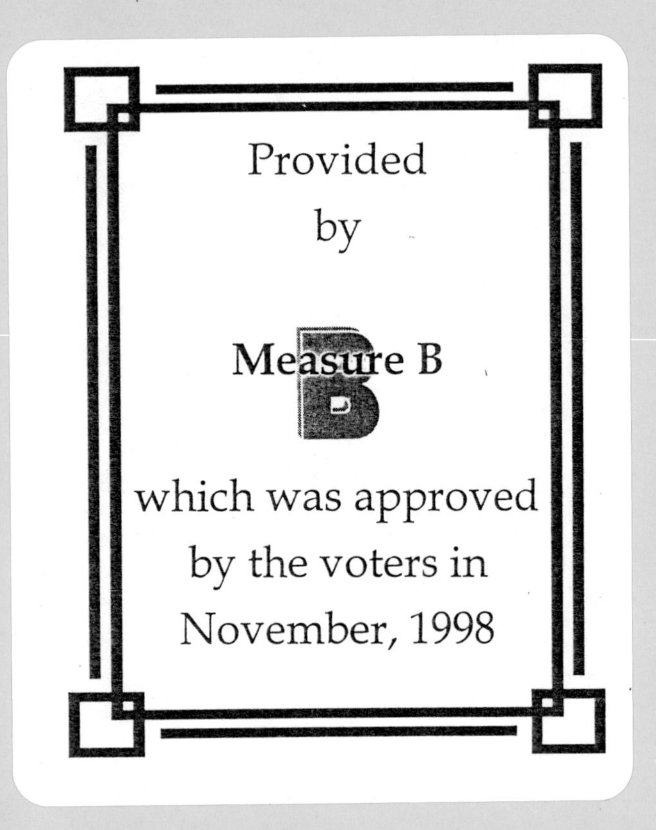

Provided
by
Measure B
which was approved
by the voters in
November, 1998

Even More
Todavía más

Written by / Escrito por Barbara Quick and Liz McGrath
Illustrated by / Ilustrado por Liz McGrath
Translated by / Traducción por Eida de la Vega

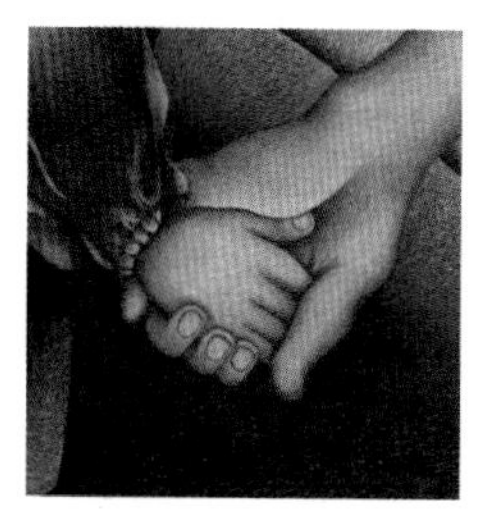

To Caleigh,
I love you more than all the inspiration you've given me.

To Maeve,
For coloring with me.
—Liz

For Edith Tritel (1925-2001) ...and now I love you even more...
—Barbara

Pg. 10 – art by Maeve McGrath (age 3)
Pg. 18 – art by Caleigh McGrath (age 8)
Pg. 22 – art by Caleigh McGrath (age 12)

Quick, Barbara

Even more / written by Barbara Quick and Liz McGrath ; illustrated by Liz McGrath ; translated by Eida de la Vega = Todavía más / escrito por Barbara Quick and Liz McGrath ; ilustrado por Liz McGrath ; traduccíon por Eida de la Vega. -- 1st ed. -- Green Bay, WI : Raven Tree Press, 2004, c2003.

p. cm.

Audience: 5-10 years of age.
Text in English and Spanish.
ISBN: 09720192-8-6

1. Mothers and daughters--Juvenile fiction. 2. Parent and child--Juvenile fiction. 3. Love, Maternal--Juvenile fiction. 4. Family--Juvenile fiction. 5. Bilingual books. I. McGrath, Liz. II. Vega, Eida de la. III. Title. IV. Todavía más.

PZ7 .Q534 2004 2003090273
813.6--dc22 0401

Printed in India by NPT OFFSET / EXODUS LLC
www.nptoffset.com
10 9 8 7 6 5 4 3 2 1
first edition

Even More
Todavía más

Written by / Escrito por Barbara Quick and Liz McGrath
Illustrated by / Ilustrado por Liz McGrath
Translated by / Traducción por Eida de la Vega

Raven Tree Press LLC
www.raventreepress.com

Once there was a mother

who looked down at her baby

and said, "I love you more than

all my dreams of who you'd be."

Había una vez una mamá que miró

a su bebé y le dijo:

—Te quiero más de lo que jamás soñé

que llegarías a ser.

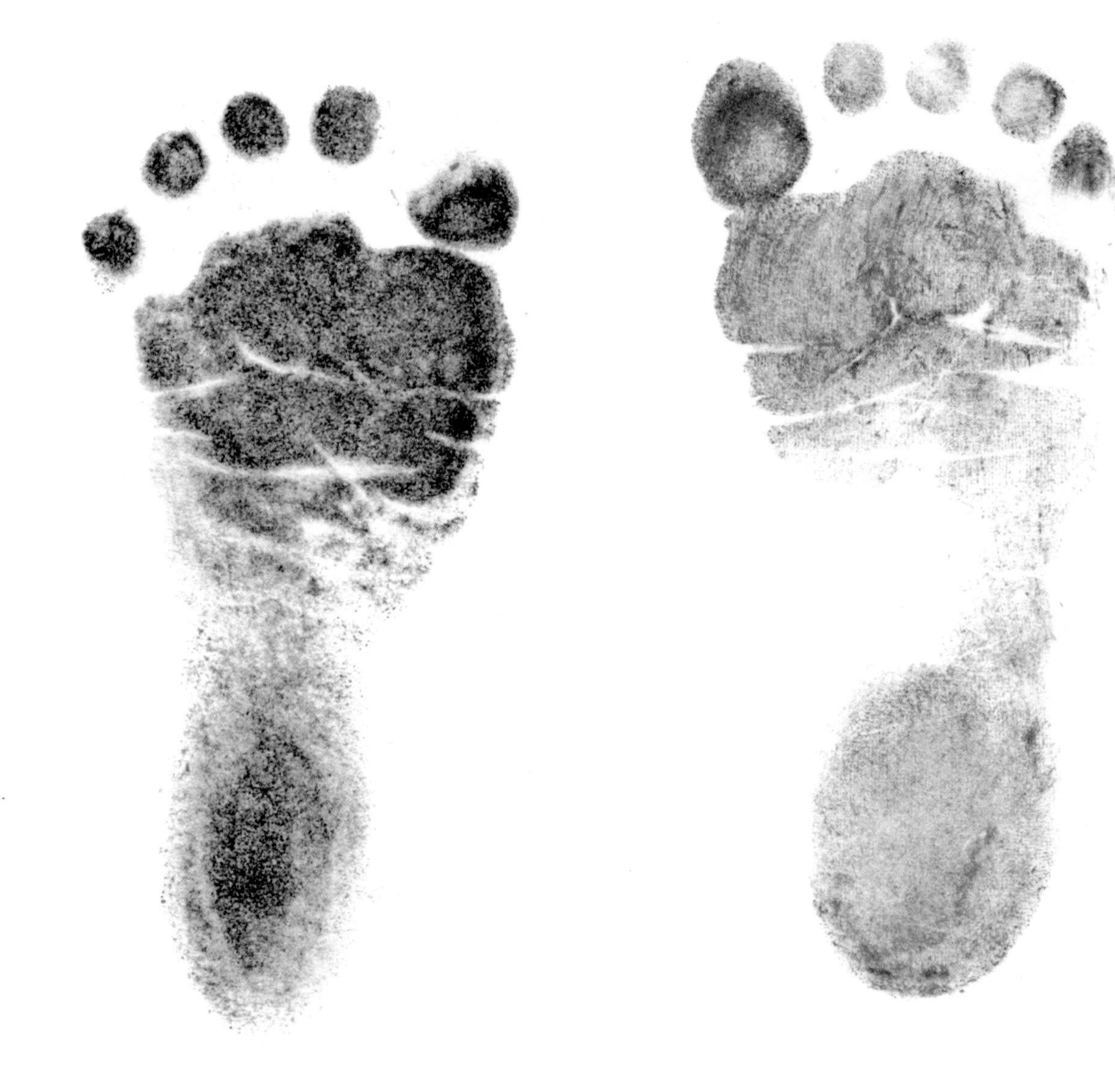

And the baby looked at her mother and thought, “I love you more than all the coziness in the world.”

Y el bebé miró a su mamá y pensó: —Te quiero más que a toda la comodidad del mundo.

When the baby could walk,

her mother held her close.

“I love you more than all my power

to make your boo-boos better.”

Cuando el bebé empezó a caminar, su

mamá la abrazó y le dijo:

—Te quiero más que a toda mi alma para

hacerte sentir mejor cuando te haces daño.

The baby looked up from

her rubber duck and her favorite boat.

"I love you more than all the bubbles

in my bath," she said with her smile.

El bebé la miró mientras jugaba con su patito

de goma y su barco preferido,

y con su sonrisa le dijo:

—Te quiero más que a todas las

burbujas de mi baño.

The baby grew into a little girl.

Her mother told her,

"I love you more than all the times

we've held hands."

La niña creció y su mamá le dijo:

—Te quiero más que todas las veces que

nos hemos tomado de las manos.

The little girl answered,

"I love you more than all the colors

in my box of crayons."

La niña respondió:

—Te quiero más que a todos mis

lápices de colores.

The little girl grew bigger still. She tried things even a grownup might have trouble doing. Her mother said to her, "I love you more than all the times you've stuck with something hard."

La niña siguió creciendo. Intentó hacer cosas que hasta a un adulto le costaría trabajo hacer. Su mamá le dijo: —Te quiero más que todas las veces en que has intentado hacer algo difícil.

The girl looked up

from her painting and said,

"I love you more than

all the flowers in the world."

La niña levantó la vista de su dibujo

y le dijo:

—Te quiero más que a todas las

flores del mundo.

The girl became

interested in lipstick and boys.

Her mother said to her,

"I love you more than

your courage to be yourself."

La niña se empezó a interesar en

maquillajes y en muchachos.

Su mamá le dijo:

—Te quiero más que todo

el valor que tienes para ser tú misma.

Diary
TOP SECRET

The girl didn't look up from her computer.

She spoke in a quiet voice her mother

couldn't hear.

"I love you more than all the places

I can visit without ever leaving my room."

La niña no separó la vista de la computadora.

Le habló a su mamá en voz tan baja

que ella no la pudo oír:

—Te quiero más

que a todos los lugares que puedo visitar

sin moverme de mi habitación.

Sometimes the girl felt sad and scared. Her mother said to her, "I love you more than all the times you've let us be close."

De vez en cuando, la niña se sentía triste y asustada. Su mamá le decía:

—Te quiero más que todas las veces en que me dejas compartir tus preocupaciones.

No
no?!
NO
NO?
No
no!
No
no
NO!
no!
No!
No
No
No
No

The girl blew her nose hard

and said, “I love you more

than all the times you knew better.”

La niña se sonó la nariz y dijo:

—Te quiero más que todas las veces en

que me das buenos consejos.

The girl moved away to go to college.

Her mother said to her, "I love you more than those last sweet days you lived at home."

La niña se marchó a la universidad.

Su mamá le dijo:

—Te quiero más que aquellos últimos días tan dulces que viviste en casa.

The girl felt a kind of happiness she'd never felt before. She told her mother, "I love you more than all the new love I've found."

La niña sintió un tipo de felicidad que no había sentido antes. Le dijo a su mamá: —Te quiero más que al nuevo amor que he encontrado.

The girl became a woman.
Her mother heard her daughter's voice and said,
"I love you more than all the times you still delight me."

La niña se convirtió en mujer.
La mamá oyó la voz de su hija y le dijo:
—Te quiero más que todas las veces en que todavía me deleitas.

The girl, who was now a woman, looked down at her baby.
She whispered to her mother,
"And now I love you even more."

La niña, que era ahora una mujer, miró a su hija
recién nacida, y le dijo a su mamá:
—Ahora te quiero todavía más.

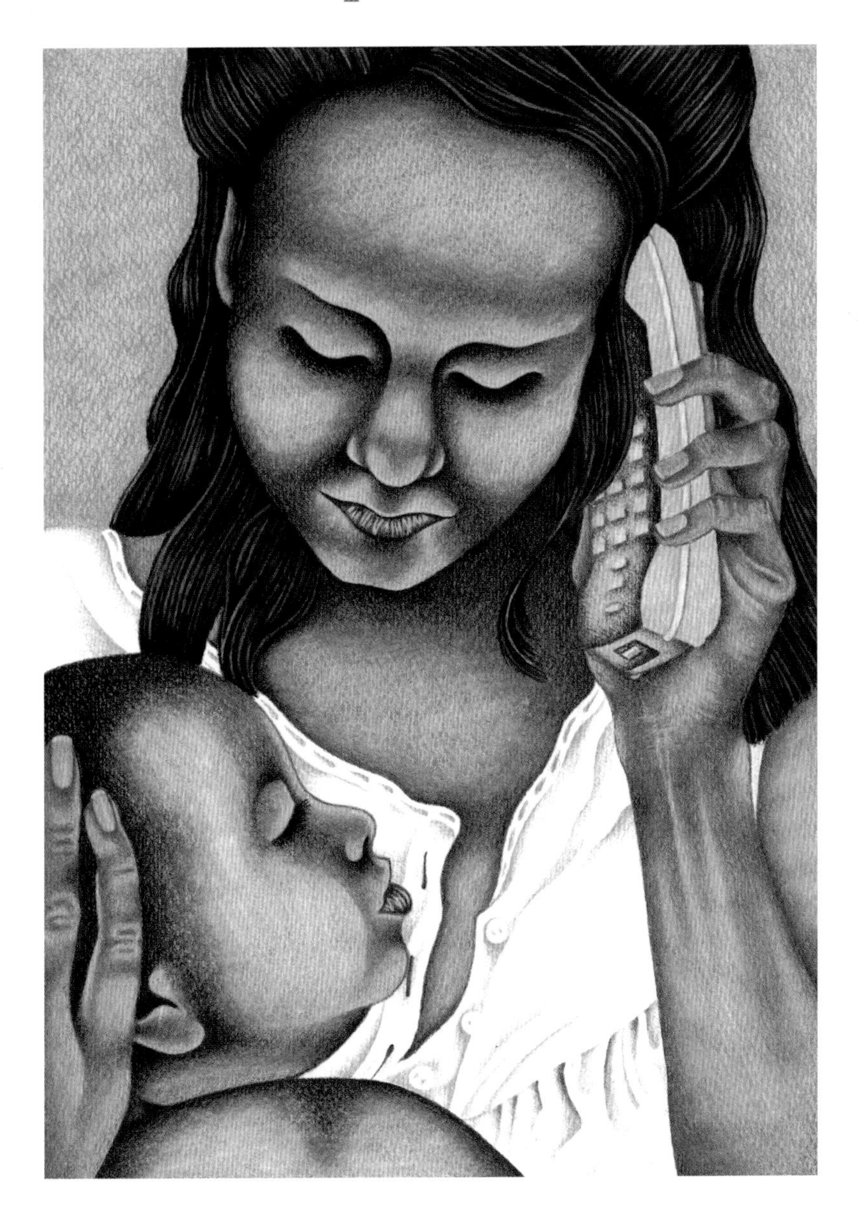

Glossary	Glosario
baby	la bebé
mother	la mamá
love	quiero — amor
girl	la niña
colors	los colores
boys	los muchachos
courage	el valor
college	la universidad
home	la casa
woman	la mujer